Paolo in C

Der kleine  liegt gemütlich

im  und genießt die .

Die anderen  sind zur

nahen  gerudert. Plötzlich

hört Paolo etwas rascheln. „Ist da

jemand?", fragt er. Nichts rührt sich.

Vielleicht war es nur eine  .

Kaum hat der kleine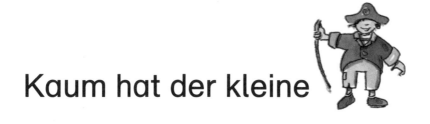

die  wieder zu, hört er

jemanden mit schweren

über das  stapfen.

Sofort ist Paolo auf den .

Vor ihm steht der schwarze Sigi,

der schlimmste aller  , und

droht mit seinem krummen  .

„Gib dein  her, aber dalli!",

brüllt Sigi. Grinsend zeigt er seine

schwarzen . „Mein  ist

dort drüben im  ", sagt Paolo.

Der schwarze Sigi zupft an

seinem . „Im ?",

fragt er. Der kleine  nickt.

Sigi schaut ins . „Ich sehe nur

saure ", sagt er wütend.

„Das  liegt ganz unten in einem kleinen  ", sagt Paolo.

Der schwarze Sigi beugt sich tief

hinunter und tastet nach dem  .

Da packt der kleine den

schwarzen Sigi flink an den

und stößt ihn kopfüber ins .

Blitzschnell macht er es zu.

„Wehe, wenn ich hier rauskomme!",

brüllt der schwarze Sigi. Wütend

trommelt er gegen den  .

Der kleine 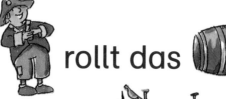 rollt das

lachend über das .

Schwungvoll schubst er das

in die ![Wellen]. „Pass lieber auf,

dass dich die  nicht

fressen!", ruft Paolo dem

schwarzen Sigi hinterher.

Flaschenpost

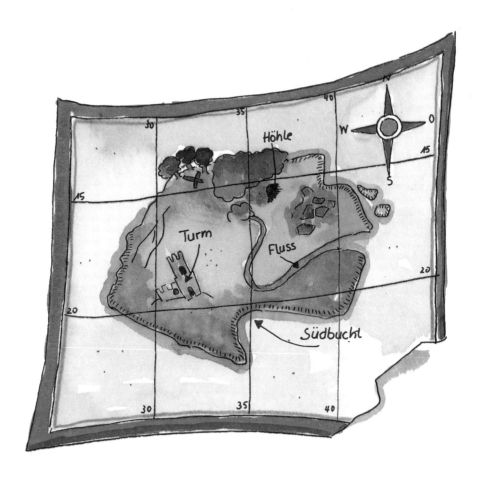

Paolo und seine  sind

unterwegs zu ihrer kleinen .

Plötzlich kommt Klaus mit dem

über das  gelaufen.

„Sieh mal, was ich geangelt habe",

sagt er zu Paolo. An seinem

hängt ein . Darin liegt eine .

In der steckt ein .

Der kleine  zieht den

und schüttelt den heraus.

„Das ist eine  von

unserer ", sagt er überrascht.

Zwischen drei  ist

ein  eingezeichnet. „Ich fresse

einen , wenn da nicht was

vergraben ist", sagt Paolo.

Bald erreichen sie die .

Sie holen die  ein und ankern.

Der kleine ist ganz aufgeregt.

„Dort oben auf dem  sind die drei ", sagt er.

Mit  und klettert er

ins . Die andern

sehen gelangweilt zu. „Wollt ihr

nicht mitkommen?", fragt Paolo.

„Nein", sagt Hein und poliert

sein 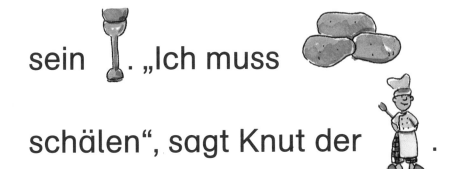. „Ich muss

schälen", sagt Knut der 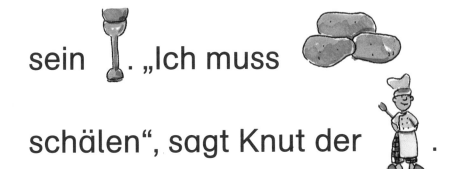.

Klaus und August sagen gar

nichts. Da rudert Paolo allein los.

Bei den drei 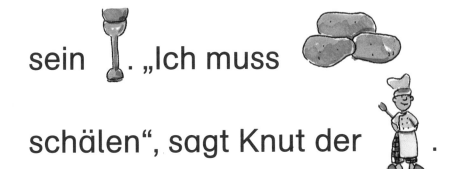 beginnt er

sofort zu graben. Bald stößt er auf

eine . Darin findet er noch

einen : „Hahaha! Reingefallen!

Deine !", steht da.

Paolo schüttelt lachend den .

Hinter ihm kommen August, Klaus,

Hein und Knut grinsend den

herauf. Jetzt weiß der kleine

auch, warum sie vorhin auf

dem  bleiben wollten.

Die Wörter zu den Bildern:

 Pirat

 Stiefel

 Liegestuhl

 Segelschiff

 Sonne

 Füße

 Insel

 Säbel

 Ratte

 Geld

 Augen

 Zähne

Fass

 Haie

 Schnurrbart

 Haken

 Gurken

 Eimer

 Sack

 Flasche

 Deckel

 Brief

 Wellen

 Korken

 Landkarte

 Hacke

 Bäume

Spaten

 Kreuz

 Ruderboot

 Besen

 Holzbein

 Segel

 Kartoffeln

 Berg

 Koch

Kiste

 Weg

 Kopf

Die Deutsche Bibliothek – CIP-Einheitsaufnahme

Schiff ahoi, kleiner Pirat! /
Werner Färber ; Dorothea Tust.
– 1. Aufl. – Bindlach : Loewe, 1999
(Billebu)
ISBN 3-7855-3389-6

ISBN 3-7855-3389-6 – 1. Auflage 1999
© 1997 Loewe Verlag GmbH, Bindlach
Geschichten entnommen aus: *Lirum Larum Bildermaus –
Geschichten vom kleinen Piraten*
Umschlagillustration: Dorothea Tust
Reihengestaltung: Angelika Stubner/
Pro Design, Klaus Kögler
Printed in Italy